文芸社セレクション

旋《せん》

小久保 要子

KOKUBO Yoko

JN106900

文芸社

目次

第一章　息ル

幼き記憶

山の真ん中の畑で
父と母は喧嘩をしていた
まだ弟は生まれていなくて
私は三つ

父が母を打って
母は泣いた

そして私を二人は取り合って
左右の手を引っ張ったのだ
もちろん私も大泣きして

どうして一番初めの記憶が

そんな悲しい話
私にも分からない

父

父の悲しみを知ろうとしなかった自分の
哀しみが突然沸いてきた
後悔というよりは
悲しみの衝動となって
運転中の私を揺り動かす
零れる涙を袖でぬぐいながら
今　生きている自分

ゲンゴロウのように田を這いつくばって
泥の渋を塗り重ねていったような
色黒の父
機関車のように煙草を吸い続けた父を
五年前に見送った
亡くなった実感のないままに

帰省する度墓参し遺影を眺めて
時間ばかり過ぎた

ある日
いつも見慣れた駅前大通りの風景が
突然浮かんだ父の映像で
一変した
煙を吐きながら
ぼんやりと何を見るでなしに
遠くを眺めていた父の視線が
私の視線と
一致したような気がしたからだ
初めて父が亡くなったと
思えた瞬間だった
会えない

残像が遠のいていく

母の時間と子の時間

「闘っているのよ」
寝ている小さな息子に
そっと囁く

昔の感覚を取り戻す夜

「かあさん　ぼくが
寝た後も行かないでね」

やがて置いていかれることを知っているから
ずっと寄り添っていてほしいとせがむ子
眠ってしまっても続けたい母との時間

意識と遠ざかる夢と疲労と

小さな家族のために
立ち上がる

2時間しか眠れなかったとしても
化粧を落とせなかったとしても

朝が来れば
元気になる

娘の日記

小学一年生の娘の日記に
一輪車の練習を何日もしたことが綴られていた

「乗っては転び乗っては転び、手を壁から離しては転びました。
百回やってもだめでした。二百回やってもだめでした。だから、
わたしはやめました」
おかしくも悲しい最後の一行である

親としたら
「それでもやり通してとうとう乗れるようになりました」
を期待してるのに
しかも当時流行っていた禁煙グッズのＣＭのようで
更に情けなかった

諦めるのはここじゃない

でも今なら
「そうよ。その時間他のことに使えば良いのよ」
と娘の気持ちに共感して言えるのに

ひたすら努力と成功を結びつけたがる大人の言い分は
いつだって一方通行なのだ

下校途中赤ランドセルの娘たちは
みかん畑にもぐって遊んでいた

娘も今では三十歳
歯ぎしりをした私の歳に近づいている

やがて親になったとき
どうか笑い飛ばしてほしいあの頃の私を

渋滞

すすむ
とまる
すすむ
とまる

初秋の刻々濃くなる暗がりの中で
ブレーキランプの赤い列が連なる

すすむ
とまる
すすむ
とまる

息子と私は青のデミオで終始無言

「何かしゃべってよ」
「声を出す力も残ってないわ」
十二時間で返さねばならないレンタカー
ナビの到着予想時刻が少しずつ遅くなりリミットに近づく

すすむ
とまる
すすむ
とまる

普段なら真っ暗になってからはテールランプの赤が
血液のように街の隅々まで勢いよく流れていく筈
今は
私たちの車も命も
得体の知れぬ生き物と化した都市の体の中を
意志も持たずに躙り進む

リヤ王

リヤ王の気持がふと分かった

子供の頃
何故口先だけの姉娘たちに
領地を全部与えてしまったのか
愚かな王だとずっとずっと思っていた

今
自分の子どもとの
ありふれた会話をしているにもかかわらず
棘を感じることがある

親になったからなのか
子が大人になったからなのか

あるいはただ年取ったからか

王の悲劇は
姉娘らに追い出されたことでなく
自らのエゴをあらわにした結果ではないだろうか
喜ばせてほしいなどと口に出したから

しかし
王の弱さは私にもある
たぶん母にもある

その曖昧に漂う心地よさを
少し濃く感じたいと思うことが
悲しい

熱暑

梅雨の始まったばかりの朝
後ろから声を掛けられた
「公証人役場はどこにありますか」
見れば外国人東南アジア系
背中にリュック

地元の人でもなかなか分かり難い名前の役所の場所
「丁度その前を通りますからご一緒しましょう」
並んで歩きつつ
「失礼ですがどちらからいらっしゃったのですか」
「パキスタンです」

パキスタンといえば暑さしか思い浮かばない

「お国は暑いのでしょう」

「ええ、でも豊橋の方が暑いね」

「えっ、そうですか」

あっさりと言う
「あちらの暑さはもっとすっきりしています。

豊橋のあつさは辛いです」

そうしているうちに目的のビルに着いたので
案内表示板を見つつ何階にあるのか教えて別れた

毎年夏高温多湿のために死者が数百人出るパキスタン
その国の人はこの国の方が暑いと言う

遥か離れた国に暮らすために
公証人役場に行かねばならぬ
この地を母国より暑くしている事情は
その辺りにあるのではなかろうか

爪切り

子供の爪を切るのが好きだった
「爪を切ってほしいひと？」
と聞くと十人くらい手を上げる
教卓に向かって並んだ一年生の小さな手を片手ずつ
私の大きな左手で包んで

パチン　パチン

子供の手から温かさが伝わってくる
柔らかくて
良いにおいがする

学生の時から使っていた大きな古い爪切り

持ってきてよかった

　パチン　パチン

この小さな指で
どんな大切な物を触ってきたのだろう
これから何を摑もうとしているのだろう

爪が小さな声で語っている

乳色をした爪のかけらが落ちて積もっていく

ＳＰ盤

不覚にも涙を
溢してしまった

残暑の朝
ハンドルを持ったまま

ラジオから
ラフマニノフの自演によるＳＰ
ノイズの擦れ
表と裏をひっくり返すタイムラグ

あなたと私の生き方は
こうして保たれる

このままの私と
そのままのあなた
レコードの盤上で
緩やかに回っていく

交わることのないけれど
同じ盤上に存在する
ピアニストではない私たちが演じるライヴ
気付かない日常が
洪水のように押し寄せても
今までと同じように
誇りを失わずに
やわらかく息をする

罰ゲーム

えりが聞く
「ばあちゃんばつげーむってなに」
四つになったばかりの子からの
突然の質問に驚く

そして話をはぐらかす
暫くするとまた
「ばつげーむってなあに」
と聞いてくる

一体何処でこんな言葉を
覚えてきたのだろう
子供らの間で或いはテレビで

又はＹｏｕＴｕｂｅ
この子が生まれてきてから今まで
受けなければならない罰など
あるはずがない

遊び事としても嫌な言葉だ
罪を犯す者に与えられる罰
心に何某かの痛みを感じながら使う言葉の類

異常気象で百年に一度の洪水が起こるのなら
今は言葉も百年に一度の洪水と思う

大人も子供も言葉の洪水の中を
転ばないように歩いてほしい

すき

そんなに泣かないで
母さんを見て
プールまでは行けないから

すき
覚えているでしょう
この言葉

母さんが教えた
たった一つの手話

すき
すき

すき
何度でもするから

そう
三歳のあなたに
伝われと

側に居なくても
ずっと
見てるから
ずっとずっと
すきだから

小さな瞳

雨が落とす音が重みとなって
心の中に積もっていく

零れくる微笑みのかけらも
貰えなかった小さな瞳
どれほどお腹が空いていただろう
どこまで泣いたのだろう
弱々しい声で

抱き上げる母親の冷たさを
憎悪を闇に浸して近寄ってくる大人たちを
小さな手は払いのけられなかった
柔らかい体
柔らかい心

未来
虐待で死んだ子ども達
生きている親たちに
小石をまたぐように
簡単に生を奪われた

この辛さが
乾燥機のような社会の中で
転がるように生きている私たちの
胸を
射貫く

忘れてはいけない
怒りと共に

葉っぱの手紙

黄色い保育園バッグから
「ばあちゃん
せんせいから　おてがみもらった」
と小さな紙包みを出した

箸置きほど小さく折り畳まれた赤い色紙を
広げていくと小さな黄色い葉っぱ

登園して母が会社に行ってしまい泣いていたら
先生がポケットから出して
「はい　お手紙」
とくれたとのこと

その年配の先生は家でこんなお手紙を作ってくるという

有り難い
子供への思い出の尊さが仕事を超えて伝わってくる
三歳のえりは葉っぱの手紙から
何を伝えられたのだろう
友へ
母へ
祖母へ
暖められたこころが溢れ出る

ゴミ屋敷のおババ

このところ
ゴミ屋敷のおババは
すこぶる元気が良い

朝から
白髪を鬼のように振り乱し
ぱんぱんのレジ袋を両手に持って歩いている

おババの住まいは天窓ガラスが一枚割れたまま無くて
雨も雪も降り込む
郵便屋さんもそこから渡す
家の中はいっぱいで
路側帯にまではみ出している

一つ一つのゴミ袋は細胞であり　さらに増殖
自転車もある　よしずも突っ込んである

詰め込む
溜め込む
おババは元気

どこから出入りしているのだろう　どこで寝ているのだろう
そんな心配寄せ付けもせず
おババは今日もどこかでレジ袋に詰め込んでいる
美しいものも　哀しみも
役に立つものも　寂しさも
怒りさえ
一切合切　時間まで

もしかしたら
ゴミたちは命のあった頃のことを呪文のように
おババに話しているのかもしれない

息ル

気づいてないかもしれない
当たり前すぎて

体を温めながら

今　息をしてる

この尊さを
細胞の一つ一つに絶えず伝えている

息をしているだけでよい
生まれた子を見て親は思う

生きている

息を吸う　生きる
体の隅々から
少しずつ力が入ってくる

第二章　招待状

春

光差す方向へ
小鳥が飛んでいく

低く覆っていた黒雲は去り
柔らかく薄い雲を引く
どこからか梅花の香りがして
草花の茎が伸びる

ああ
長いこと
こんな朝の訪れを待っていた
心を幾分軽くして
道端の草の蒼さにも気づかせてくれる

今日は
遠い雪国に住む友へ便りを送ろう
ヒアシンスの蕾の膨らみを確かめてから

春が来た

みかん畑の向こうから娘が駆けてきた
ただいま
私の背に負ぶっている小さな弟に
摘んできたネコヤナギを渡しつつ
「春が来たよ」
と囁いた
おかえり
どれほどの知らないことを
持って帰ってきたの

あなたの背丈はずいぶん伸びた
あなたの心もすこおし広がった
鳥のように歌い　花のように笑い
真っ赤なほっぺたを膨らませ

今年の春　娘は
四年生になった

水鏡

代かきを終えたばかりの田んぼは
天地を映す鏡になる

子どもの手を引いて登った丘から
ヒミコのように
水田を見下ろす

水鏡

光にあふれ
黄緑色の葉の枝々
白い雲に　天井にある筈の青い空

畦に区切られることなく

こちら側のなにもかもが
吸い込まれるほど鮮やかな世界が
時間を超えて
底知れぬ奥までずっと広がっている

ヒバリの声

小さな息子にもよく見渡せるように
抱き上げる

一年に一度の水鏡の出現に
古代人も感じたであろう畏れと美しさを
私の心にも映し込む

青田平野

車窓に入りきれないほどの
水田が続く
見渡す限り

植えて一月の分蘖し始めた苗は
柔らかい泥田に根を張り
鏡のような透明な水から茎を出し
行儀よく育っている

優しく吹き渡る風
青田平野は髪を撫でられたように
そよぎながらいよいよ色濃くなっていく

途方もない緑の中に
鷺が立っている

白い姿は
碧い空に一つもない雲のようでもあり
生きる鼓動を
田や苗やらと共鳴させているようでもある

鷺は白く
田は青く

この夏

窓から
暁の空を見ていた
刻々変わるパステル色のグラデーション

ゆっくり息を吸う
夏の匂いがする

色づいたスグリの実
蕾をゆるませたユリ
エノコログサの穂が揺れる

草いきれの中を負けそうになりながら
歩いた子供の頃の思い出

万物が成長する力強い時期

身をよじりながらふくれみかんの枝に絡みついて皮を脱ぐヘビに
おののき後ずさりしながら
この生き物たちの中で生きねばならぬ弱々しい決意を
度々思い出す

干からびたミミズを蹴飛ばして
捕虫網を持った少年が駆けていくこともなくなった
タヒチの娘のような少女にも会わず
夏は明けていく

雪道で

あなたは突然転んだ
赤いセーターが雪の上に血のように被さった

大学の図書館から抜けて
誰も居ない林の新雪を
私たちは歩いた
二人ともコートもなくて
理想論ばかりが口を出る

雪を祓いながら起き上がったあなたは
「手紙読んでないよね」
と言った

一ヶ月前に届いた封書は分厚くて

そのまんまごみ箱に突っ込んだ
あのときの赤い色と猫背のあなた
何十年もたった今も
時々思い出す

時を訪ねる

微風に震えるような
芙蓉の薄桃色の花びら
背の高い水引草

鼓笛の練習をするために夏休み一人で山道を学校へ行く

道脇の藪から雄の雉が出てくる
ふっと目が合う
鮮やかな色の首
凝縮された時間の中で対峙する生命と生命

沈黙を切って
悠々と雉は道を横切って山に入っていった

雉と人間の子供と蟬の鳴き声

草いきれ
葉も根も何もかもが自らの強い力を子供に見せつける
子供は歩き出す
心臓の鼓動に気づく

今その早鳴りが聞こえる
誰にも伝えることの出来なかったあの驚きが
五十年の時間を軸としたドップラー効果のように蘇った

聖月夜

こんなに　月がきれいだというのに
家には
誰もいない

窓を開けてみようか
月の光が　届くかもしれない

優しい音色の虫たち

どこから入ってきたのか
小さなヤモリが
前足の指をしっかりと開いて
カーテンにしがみついている

月

光あふれる

一瞬
すべての音が消える
見仰ぐ私は
時空の間で　無重力となる

どこまでも
いつまでも

青

青い空
ただ
それだけを見たいのに
どこからか
雲が流れてくる
やさしい形を　青は
溶かすでもなく
染めるでもなく

空の青
見ていただけなのに
地を這う虫が胸を過ぎる
下ばかり向いてる彼らも
時には

立ち止まり
天上の青を感じるのだろうか

沈静

限りない青
吸い上げられそうになる

黄色

駅前大通りの
くすんだ街の色空気の中
建物も人も薄暗い

そこへ
朝日が当たる
高層ホテルとホテルの間から
白い光線

師走も終わるというのに
街路樹の銀杏は
まだ美しく黄色く葉を落としきれない
光はまっすぐに黄色を照らす

灰色の風景は一転する

黄色は自らも光をいっぱい吸いながら
そこら辺りを輝かせる
青い冬空の下
路上に散り敷く黄葉をも浮かばせる

梶井基次郎の「檸檬」の色が
この通りに広がる

季

撓う萩
里芋の茎は捩れながら
なめらかな葉に受けた雨を水玉に変えてとめどなく地に落とす
大樹の枝は柔らかさのなくなったところから引き裂ける

疾風
烈風

なぶられても
引き回されても
葉をむしられても

澹澹と命を綴る

いみじう　あはれに　をかしけれ
一晩耐えた者の千年前の文言に寄り添う
私たちは生きている　と声を上げるでもなく
万物流転
そして
季は重ねられていく

冬の朝

光が当たると
蓬の葉の縁の霜の白い粒一つずつが
浮き上がり
虹のような彩を発する

最中の皮のように土を
持ち上げた霜柱
何も混じってなくて
氷の繊維の束に光は透かし通す

ダイヤモンドってこんなかしら

子供らは　ほんの少しの間
寒さを忘れ

やり残しの宿題を忘れ
音もなく　白く冷たい美しさに見入る
そして　霜焼けの小さい手を握りしめ
ランドセルをカタカタさせて
学校へ急ぐ

五十年経った
霜焼けも霜柱も見なくなった

招待状

大寒の朝　家人を送って庭に出ると
まだ少し芯に緑のある芝の上にカラスの尾羽が一枚
南を向けてそっと載せられていた

寒鳥

わが庭に何用か　啄む物とてなにもない
然りとて
営巣にも向いてない人通り

若しかして
あの　童話で読んだ鳥たちの舞踏会
春浅きに行われ鹿や兎まで参加する大祭典

いよいよ　招待されたか
カラスの尾羽は
きらりと光る
手にしたら　ふわりと消えてしまうかもしれない

今まで
網に干したあじを取り込む寸前五枚もとられた
網戸に嘴をづくづくと差し込んでは大穴を何箇所も開けられた
衝撃的なことばかりだったが　今度は
どうだろう　この招待状は

運が良ければたどり着ける南の方角
そこで舞を見せてくれるはず
艶のある黒い色の羽で装った美しい舞曲

第三章　七月の蟬

鳥

ガードレールの上に留まっていた小鳥は
車の間を縫って食べ物を拾い
次の瞬間舞い上がって元に戻った

なんと身軽な

余分な物を持たず〇・一グラムでも軽くする
ずっと昔から変わりない生き方
青い地球の周りを
国境を越えて自由に飛ぶことの代償として
体一つと決められているのだ

人は固執したものが多すぎる

鳥は心さえ身軽なのだろう
私も
せめて心は軽くしたい
一軒くらいは飛べるつもりで

とかげ

とかげは
小さく動き回り
右に左に体をくねる

迷い込んだ医院の待合室で
イスの下を這い回る

わたぼこりと髪の毛をわたあめのようにくっつけている

しっぽは千切れて
6センチの生体
黒い肌に黄色とオレンジの縞模様

人間たちの

小さな叫び声に動じたのか体をCの字にして止まった
二本の手と二本の足
それぞれ小さな指をしっかり開いて
床の上に吸い付けている
初めてとかげが愛おしくなった
そして　この小動物の運命を思った

モネ池とカエル

バラ園を抜けると
小さな池がある
睡蓮を配置よく咲かせ
しだれ柳が幽かになびく

模された「モネの庭園」

池の透明度を見ようと水辺に寄った途端
ぐおーっ
突然の大きな啼きごえに
思わずひるむ

ぐおーっ
どこから来たか

ウシガエル
池のあちら側からも
ぐおーっ　ぐおーっ

しばし立ち止まる

そして　私は少し愉快になる
今まで何度か見た展覧会の絵の前では
こんな鳴き声　思ってもみなかった

19c　仏　ジャポニズム　印象派
画家の広大な日本風庭園
舟を浮かべて描いている

そこにウシガエル
居たかもしれない

二百点も描かれたという「睡蓮池」に

あるいは　一枚ぐらい
カエルの声の聞こえるのがあるのかもしれない

今
大きくおなかをふくらませて啼いているだろう
ウシガエルに
ほんの少し敬意を表して立ち去った

やがてそれは

やがてそれは
尽き果てると知っていた

「あんたんとこの娘は　虫が好きだで貰っといてやったよ。」
白い二センチほどの虫たちを小さい段ボール箱に三つ
帰り際　姑に押しつけられた

この世の中で
たった一種の葉　桑しか食べない

少しずつ大きくなって
大人の指ほどになった
そのために毎日桑の葉を獲りに行く
もう桑畑はどこにもなく　あったとしても家のものではない

土手の斜面や県道の脇
思いつく限りの自生している場所に這いつくばる
雨でも風でも

ある日発熱した
休んでいると
さわさわさわ
さわさわさわ
葉を食む音がする

ただでさえ
小さい子のいる日々の生活に私は疲れていたし
贈り主を心から憎んだ
本当は虫も嫌いだった

なのに
子どもたちは丸々と太った白い虫たちに頬ずりをし
手のひらに載せては愛しんでいた

そのうち
カイコたちは体が透き通ってきて
食べるのを止めた

それらが糸を吐きやすいように
ボール紙で格子を作り　五センチ四方のマスに
一匹ずつ入れた五百のマスが埋まった
ハサミを使った手の皮がむけ血が滲んだ

鳴きもせず
小さな部屋でマユをそれぞれが作り始めた
全部が白い絹の球になった

私は決心した

ほどなくその中で成虫になったカイコガが
マユを食い破って出て来た　出て来た　出て来た

彼らは外の世界で飛び回り生きていく能力がなく
出てきたら程なく死んだ
触角と羽根の付いたまま清潔な白い体が床に落ちて重なっていく

裏の空き地で
黒い三つのビニール袋に入れた
歪んだ穴の開いたマユの付いたボール紙格子に
火を付けた

私と子ども二人が見送った

蚕糸と成虫の焼ける臭と煙が立ち上っていって
やがて
果てた

貝の音

その貝を私に貸して
海の音がするかもしれないから

台風で土砂が崩れ
田んぼに降りる道の地層が出てきた
大量の巻き貝
大人の握り拳ほどもある
長い間埋もれていたためかどれもこれも骨のように白色
渦巻き文様の一筋ずつに土がそこめり込んでいる
恐らくこの辺りまで海水があって
縄文人たちがこのホラ貝をよく食べ　捨て場所だったのだろう
見たこともない宝物の出土に子ども達は驚き

各々持ち帰り詰まっていた土を洗い出した

そして
耳に当てた
海の音がすると誰かが言った

だが、私には聞こえなかった
なにか……
微かな音のような

たぶん
巻き貝の螺旋を上り詰めて
その先突き抜けて時間をも遡り（くねって）
記憶の二重螺旋構造に触ったのだと

どれほどの
時が経とうとも生命体に織り込まれたＤＮＡは
共鳴する

祈り

私は信号待ちをしていた

何もかも揺らいで映る猛暑日の昼
駅前大通りの三車線

傷ついたツバメが一羽
停止線に落ちてくる
母
それは　親ツバメ
口嘴にエサを銜えていた

一方の翼は　折れていた

動ける気配もなかった

私が　ドアを開けて出て行こうとした時
信号は青になり
走り出した車が　ツバメを轢いた

命が　アスファルトに吸い込まれる瞬間の
あまりにも　切ない音

無常というには　誰も知らない刹那
血や肉や羽根さえも　小さな音と共に
正確に道路に転写された

あの日の悲しみ　声にならない慟哭と
私は生きねばならない
たった一人の祈りをもって

紅

正月が終わって
迎え花を片付けた
南天はまだ美しく紅を保っていた

捨てたくない
南天の実を煎じて飲むのが咳に効くと思い出した

小さい頃
七つ下の従姉妹の千春は気管支が弱く
よく咳き込んでいたから
祖母は
陰干ししたもの二十粒位を小鍋で煮出しては
冷まして飲ませていた

本当は白南天がよく効くが　赤も先ず先ず
七輪と赤いおき火とアルミの小鍋と
小さく震える南天の実たち
やがて漢方薬のような匂いが立って汁にうっすらと色が出る

大人になった千春は
咳き込まなくなった

もう誰もやってないようなことを
思い出す今

私は南天の実を一つ一つ茎からとって
白いココットの入れ物に溜めた
山盛りになった赤い粒
この色があるうちはとっておこう

そして心が咳込んで止まりそうになかったら眺めるとしよう
鮮やかなこの色が緩めてくれるに違いない

山百合

朝露のある百合を届けたくて
靄の山の中へ分け入る

腰に巻いた縄の後ろに鎌を差し

明け切らぬ杉の森
千年も前
敵に攻められ姫が身投げしたと
龍会城の伝説のあたり

八月に冷気漂う
ほの暗い下草
その中に咲き始めた山百合

89　山百合

白く優雅に
夏の香りをあたりに放つ
花心は暮色に震える

さくっ
一刈り

あなたが
山百合の香りに包まれますように

青い鳥

確かに青い鳥だった

自販機の下の側溝のフタの上に
薄暗がりの中で
息絶えていた

ハナコが嗅ぎ付けなければ
私とて分からなかった
幾日もそのままであったであろうすがたは
干からびていた

しかし
翼の青さは
私たちが永遠に手に入れることのできない純粋なものだった

ノルリビタキ
透き通るほど軽い

土がそこには無かったから
両手に包んで持ち帰り
庭の隅に埋めた

それでも
心のどこかには住み続けるだろう青い鳥

時折思い出してはあの羽根を
日の光に当ててやればよかったと
悔やむのかもしれない

虫集く

小さな虫たちの音が
夜道に
続いている

後ろからも
前からも
遠くからも
近くからも

途切れることなく

それらの音は小さくも
一つずつに光があるとしたら
星屑のごとく尾を引いて

夜空に昇り
地球をめぐる小さな銀河を作るだろう

虫の音が懐かしいのは
何億年も前から地上に満ちて穏やかに
人類の進化に寄り添い
包み込んできたからだろう

私の記憶の中の虫たちは
音符の如くに思い出の中に刻まれている

風の吹く日に

地を転がるハチの死骸を
ふと　見つけた
枯れた葉に紛れ破れ羽根
色も失せかけている

生きていたら
飛ばされることはないだろう
小さな体であっても
宿る命の重みは
ハチの領分を守っていたのだ